LE PETIT LIVRE

à Quinze Sols.

AVIS.

L'abonnement est de 9 francs pour Paris, et de 11 francs pour les départemens, *franc de port.*

L'argent, les lettres et les paquets doivent être adressés, *francs de port*, au Bureau, rue des Bons-Enfans, n°. 23, *à Paris.*

On souscrit à PARIS :

Chez M. POULAIN, au Bureau, rue des Bons-Enfans, n°. 23 ;

Et chez :

POULET, Imprimeur - Libraire, quai des Augustins, n°. 9 ;

EYMERY, Libraire, rue Mazarine, n°. 30 ;

Et chez tous les Libraires des départemens.

LE PETIT LIVRE
à Quinze Sols,

OU

LA POLITIQUE DE POCHE,

A L'USAGE DES GENS QUI NE SONT PAS RICHES;

Par le Père Michel,

Devenu Auteur sans le savoir.

〰〰〰〰〰〰〰〰〰〰〰〰〰〰〰

9ᵉ. Tome.

〰〰〰〰〰〰〰〰〰〰〰〰〰〰〰

A PARIS,

IMPRIMERIE DE POULET;

QUAI DES AUGUSTINS, Nº. 9.

〰〰〰〰〰〰〰

1818.

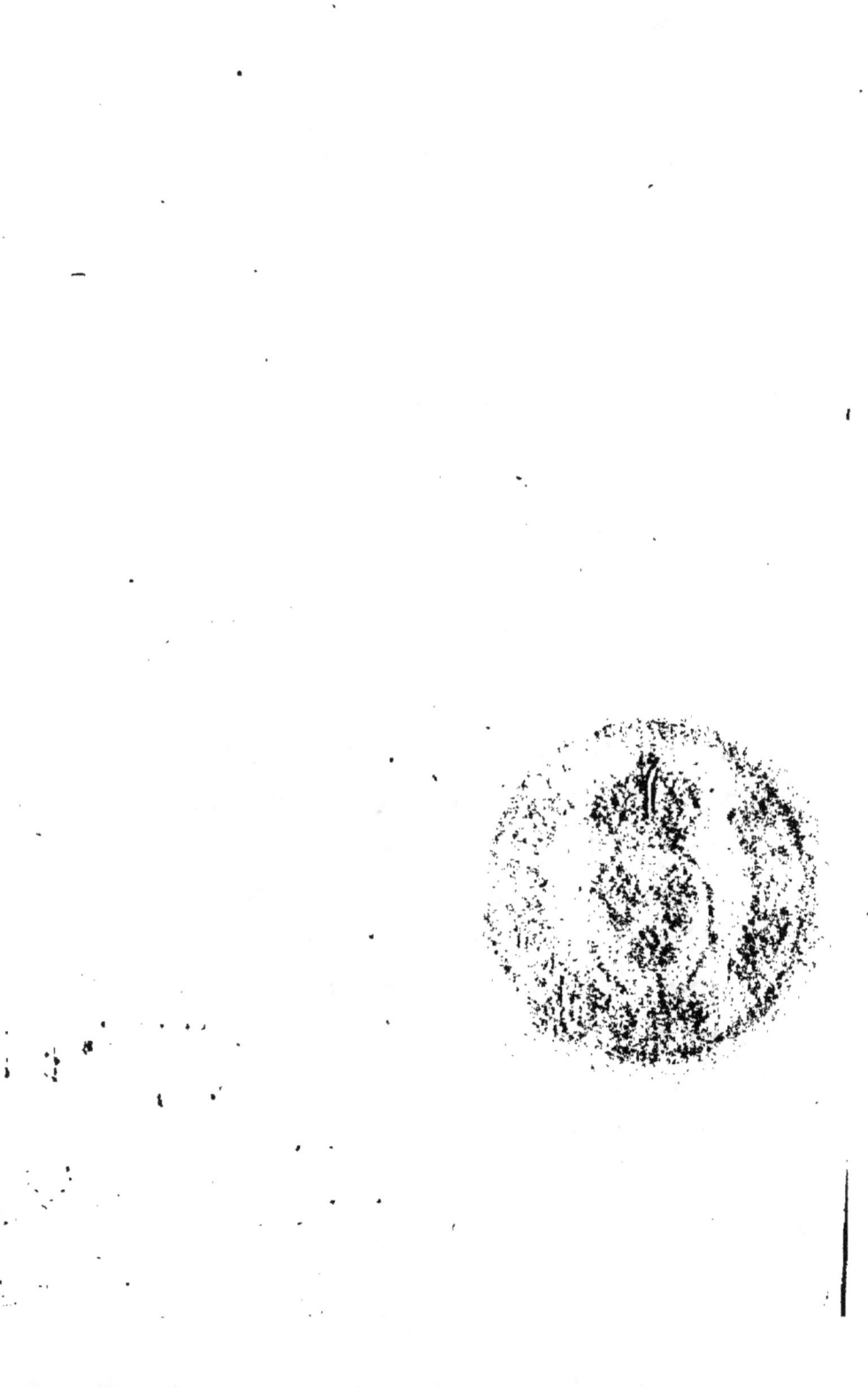

LE PETIT LIVRE

à Quinze Sols.

DES CONFISCATIONS.

Les confiscations causent, dans l'ordre social, des ravages dont les suites sont toujours terribles.

Le fils peut pardonner le meurtre de son père ; mais pardonnera-t-il à celui qui jouit de ses dépouilles, et le cri du sang n'est-il pas moins fort que celui de l'intérêt ?

Les confiscations en masse ne

peuvent avoir lieu qu'au moment du bouleversement général, comme au temps de la Saint-Barthélemy, ou aux temps des meurtres juridiques, comme sous la Convention.

A ces fatales époques, la société tout entière est ébranlée jusque dans ses fondemens, car partout où le système actuel de la propriété se trouve violé, l'ordre social n'a plus de base, la cupidité n'a plus de frein, et toutes les fortunes, toutes les existences sont dans un égal danger.

Les grandes confiscations ne tardent pas à devenir irrévocables, car il faudrait une tyrannie plus grande encore et plus atroce que la première, pour rétablir 1   choses dans leur ancien état.

Les biens se divisent et se sous-divisent bientôt entre un si grand nombre de familles, que dans la nation presque entière repose la garantie de la spoliation. Chaque jour, chaque heure diminuent les droits, effacent les titres de ceux qui ont été dépouillés, et ceux-ci n'ont bientôt plus que des intérêts épars et indirects à opposer à une masse énorme d'intérêts directs et réunis.

Voilà ce qui nous explique ces longues discordes, ces haines collectives : voilà ce qui nous montre l'origine de ces souvenirs amers, de ces vengeances héréditaires et implacables qui troublent les Etats. Voilà la cause de ces luttes opiniâtres qu'on voit commencer tout à coup entre les citoyens, long-temps même après que les partis semblaient s'être réconciliés, lorsque les gouvernemens se laissent soupçonner de quelque prédilection pour les familles dépouillées. Alors le passé reprend un corps pour attaquer ou pour accuser le présent : alors les propriétaires nouveaux passent rapidement de l'inquiétude à une irritation à laquelle leurs propres terreurs ajoutent sans cesse.

Il est donc vrai que la confiscation est l'une des plus funestes inventions de l'esprit tyrannique. Mais ne peut-on pas assimiler les amendes excessives à la confiscation elle-même, malgré le déguisement dont le législateur cher-cherait à les envelopper? En effet, l'argent étant le signe représentatif de toute propriété, condamner un citoyen au paiement d'une somme qu'il doit prendre sur son capital, c'est lui confisquer réellement une partie et quel-quefois la totalité de son champ, de sa maison, de ses marchandises : ou s'il est insolvable, c'est confisquer sa per-sonne même, puisqu'il est forcé de de-meurer prisonnier, faute de paiement ; je dirai plus, ce serait battre monnaie dans les tribunaux, et renouveler en quelque sorte un horrible souvenir.

Si nous interrogeons l'histoire de la monarchie , sur les proscriptions et les massacres qui ont amené les confiscations, nous verrons retracées dans ses pages sanglantes les mêmes horreurs contre lesquelles on s'est récrié à bon droit , durant le cours de notre révolution.

Et sans parler de Philippe-le-Bel et du massacre des Templiers, dont les dépouilles, comme on sait, ne furent pas le partage du peuple, mais des courtisans et des favoris , mais des grands et de l'ordre de Malte surtout, qu'on a entendu crier si haut contre sa propre spoliation : si nous parcourons le règne de Louis XI , nous le verrons ordonner la confiscation des immenses propriétés des d'Armagnac après les avoir immolés ; envoyer dans le Roussillon un Dubouchage , autorisé à confisquer tous les biens, non-seulement des ré-

voltés, mais encore de tous les citoyens soupçonnés d'être leurs parti-
sans: nous verrons ce Dubouchage porter la confiscation (à son profit) à un
tel excès, que le tyran lui arracha une
partie des dépouilles qu'il avait recueil-
lies, pour les distribuer à d'autres gen-
tilshommes. Mais l'histoire, qui nous
a transmis ces actes horribles, ne nous
apprend pas qu'aucun noble ait refusé
les dons du roi.

Au temps de la ligue, l'acharnement
des partis fut si grand que, de part et
d'autre, on fit le plus terrible usage de
la confiscation. Cependant nous savons
que Henri IV, après avoir conquis son
trône par la vaillance, et voulant le
conserver par la justice, ne changea
rien à l'état où il trouva les propriétés.

Nous savons aussi l'emploi qui fut
fait plus tard des biens des Luynes, des de
Thou, des Concini, des Fouquet, etc.

Enfin, à la révocation de l'édit de

Nantes, la confiscation fut portée plus
loin que de notre temps, et elle tourna
toute entière au profit des grands. Cependant l'assemblée constituante, et la
convention elle-même, quoiqu'elle ne
connût rien d'impossible en actes de
violence et de spoliation, furent forcées
de renoncer au projet de réintégrer
les descendans des anciens propriétaires.

Ainsi, l'histoire nous démontre que
plus les confiscations ont ébranlé le fon-
dement de la société quand on les a exercées d'une manière générale, plus cette
même société serait ébranlée de nouveau par un retour sur ces confiscations, plus il est difficile et même
impossible d'évincer les nouveaux propriétaires.

Vérité désespérante, sans doute,
pour les victimes, mais qu'on ne sau-
rait trop répéter; car la fin des agita-
tions politiques ne se trouve que dans

le parfait oubli du passé, que dans
la conviction acquise, par les victimes, qu'il n'est plus de moyen de
leur rendre ce qu'elles ont perdu :
enfin la paix ne renaît dans l'Etat que
quand les partis, bien convaincus que
toute lutte serait inutile, déposent à
la fois les haines, les craintes et les
espérances qui les avaient agités.

EXEMPLE MÉMORABLE.

LE discours du roi de Suède aux *représentans* de la nation a été inséré dans les journaux ; mais ils nous ont caché jusqu'à quel point il a électrisé toutes les classes, combien il leur a inspiré d'amour et de reconnaissance pour leur souverain adoptif, et c'est un tort grave de la part des journalistes français.

Notre correspondance nous apprend que jamais aucun peuple n'a fait éclater, d'une manière plus unanime et plus touchante, son enthousiasme et le sentiment de son bonheur.

Les corps de magistrature, les communautés d'habitans, n'ont point pré-

Tome IX. a

senté au souverain des adresses dégoû-
tantes de flatteries ; la police n'a point
ordonné d'illuminations, elle n'a fait
distribuer au peuple ni vin, ni eau-de-
vie; elle n'a pas eu besoin de lui
offrir des banquets, des danses et
des jeux.

Chaque citoyen a vivement senti
le bonheur d'être libre ; et c'est dans
son cœur qu'il a élevé l'autel de la
reconnaissance à son prince ; qu'il a
juré librement de mourir pour sa défense, s'il avait besoin de son secours
contre les factieux ou contre l'étranger.

Ce discours a cimenté l'union du
peuple suédois avec la nouvelle dy-
nastie qu'il a appelée pour régner sur
lui. Elle n'a donc plus d'ennemis à
craindre, car son trône a pour appuis
l'amour du peuple et sa liberté.

« Les générations et les empires se suc-
» cèdent et disparaissent, a dit le roi; mais
» les principes de l'éternelle vérité sont à

» l'abri du temps et des évènemens. Si
» des préjugés cherchent à les com-
» battre et à les étouffer, cette lutte ne
» sert à la longue qu'à les faire triom-
» pher avec plus d'éclat.....

» Un grand monarque, appuyé sur
» l'égide de sa puissance, a rendu une
» patrie à un peuple aussi intéressant
» par ses malheurs, qu'illustre par son
» ancienne gloire.

».... Ces bienfaits, répandus sur
» les nations, sont un hommage écla-
» tant rendu aux peuples qui, en *inves-*
» *tisssant* leurs rois d'un pouvoir fondé
» sur la confiance, n'ont cependant pas
» *abandonné au hasard* et au caprice de
» l'avenir, la prospérité, l'honneur et
» l'existence de leurs descendans.

».... Les lumières du siècle éten-
» dent de plus en plus l'empire de la
» tolérance.....

» Bons et honorables membres de
» l'Ordre des Paysans ! que le ciel bé-

» nisse les travaux paisibles de l'agri-
» culteur, et que l'Ordre que vous
» représentez vive paisible et heureux
» sous l'égide des lois ! Comptez sur
» l'intérêt tendre et paternel de votre
» roi. Conservez le courage, la loyauté
» et l'énergie qui distinguaient vos
» pères, et la Suède ne comptera jamais
» dans ses limites que des hommes libres
» et dignes de l'être. »

Paroles mémorables que l'histoire s'empressera de recueillir pour les transmettre à tous les peuples, et pour en faire la règle des jugemens qu'ils auront à porter sur les princes..... Paroles mémorables d'un Français né dans la patrie de Henri IV, qu'il semble avoir pris pour modèle.

Heureux peuple! heureux souverain! car en Suède l'amour de la patrie et de la justice ne s'évapore pas en vaines déclamations. Il n'est point de pays où les lois soient plus favorables à la liberté, et plus religieusement observées par ceux qui en sont les organes.

Le grand-duc de Bade a aussi donné à son peuple une constitution : le monde entier est dans le passage de la servitude à la liberté ; et c'est en France, c'est dans le pays qui a renouvelé le grand exemple donné, il y a deux siècles, par l'Angleterre, après avoir coopéré à l'affranchissement des Américains ; c'est dans le pays le plus célèbre par ses lumières et la gloire de ses valeureux soldats, qu'une faction antisociale, et qui n'offre que des débris, prétend faire rétrograder l'esprit humain, et imposer le joug à un peuple de 29 millions d'habitans !

Défenseurs, amis de la liberté, gravez dans la mémoire de vos fils le discours du roi de Suède.

Bons et honorables paysans, apprenez par ce discours à vous respecter.

vous-mêmes, et à vous faire respecter ; demeurez paisibles, soumis aux
lois, labourez vos champs, améliorez-
les, arrosez-les de vos sueurs; mais ne
souffrez pas qu'on vous méprise com-
les serfs du 12°. siècle, ou qu'on vous
assigne pour unique partage le travail,
l'ignorance et l'obéissance de la brute
et de l'esclave. N'oubliez pas que
les paysans sont hommes et citoyens
en Suède, et qu'ils doivent l'être en
tout pays.

Pour donner une idée de l'esprit
qui anime le peuple suédois, je vais
citer quelques extraits des procès-ver-
baux de leur sénat et de leurs diètes.

En 1756, lorsqu'il s'agit de régler le
mode d'éducation de l'héritier de la
couronne, le sénat émit, entr'autres
principes, ceux-ci :

« Plus S. A. R. sera excitée à res-
» pecter l'Être-Suprême, et plus elle
» reconnaîtra son propre néant et son

» égalité avec les autres hommes......
» Il est nécessaire qu'on donne à S.
» A. R. des principes épurés qui se
» rapportent à la forme du gouverne-
» ment établi..... ce qui est d'autant
» plus nécessaire, qu'il est des hommes
» qui, soit par crainte, soit par des
» vues particulières, soit enfin par pré-
» jugés pour le gouvernement sous le-
» quel ils ont vécu , ont établi des prin-
» cipes entièrement faux.......

   » De la sorte, S. A. R. sera con-
» vaincue que nul homme ne naît
» esclave ; que les rois naissent hom-
» mes, et non pas rois ; que leur di-
» gnité tire sa première origine du bon
» plaisir du peuple ; que par consé-
» quent la nation a un droit incontes-
» table de se réserver, du pouvoir
» souverain et des prérogatives qui y
» sont attachées, telle portion qu'elle
» jugera nécessaire pour sa conserva-
» tion et son avantage.

» La religion donne à ces vérités
» une nouvelle force, puisque Dieu
» qui est tout-puissant, ne veut point
» gouverner avec violence, mais ré-
» gner sur des volontés libres. Ainsi,
» vouloir rendre les hommes esclaves,
» c'est commettre une témérité contre
» l'Être-Suprême. »

Dans les actes de la diète, de la même
année et de la précédente, on trouve
ces deux passages non moins remar-
quables :

« Les princes doivent savoir qu'ils
» n'ont aucun droit d'enfreindre et de
» violer les droits des sujets : que les
» rois ne sont pas faits d'une autre
» matière que le reste des hommes :
» qu'ils leur sont égaux en faiblesse
» dès leur entrée dans ce monde :
» égaux en infirmités pendant tout le
» cours de leur vie ; égaux à l'égard

» du sort commun des mortels; vils
» comme eux, devant Dieu, au jour
» du jugement; condamnables comme
» eux pour leurs vices et crimes : que le
» choix du peuple est la base de leur
» grandeur, et un moyen nécessaire
» pour sa conservation : qu'en un mot,
» l'Être-Suprême n'a point créé le
» genre humain pour le plaisir par-
» ticulier de quelques douzaines de
» familles........

» Un roi d'un peuple libre ne s'est
» jamais avili en se mettant au niveau
» de ses sujets, et en évitant, pour
» ainsi dire, de les éloigner de sa per-
» sonne par une représentation vaine
» et journalière.

» .... Dans un gouvernement libre,
» un roi ne représente jamais que dans
» son sénat, tandis qu'un souverain
» d'un autre État représente dans sa
» cour, et se laisse, au reste, repré-
» senter par son ministre ou son fa-

» vori : ce qui ne convient point à une
» nation libre.......

» Qu'on mène souvent les jeunes
» princes à la campagne ; qu'ils en-
» trent dans la cabane du paysan,
» pour voir par eux-mêmes la situa-
» tion des pauvres, et apprendre à se
» persuader que le peuple n'est pas
» riche, quoique l'abondance règne à
» la cour, et que les prodigalités de
» celle-ci diminuent les biens et aug-
» mentent la misère du pauvre paysan
» et de ses enfans affamés.

» .... La pompe et la représenta-
» tion ordonnées à l'occasion de cer-
» taines solennités, plus pour la di-
» gnité du royaume que pour la per-
» sonne qui représente, plus par rap-
» port aux étrangers que pour les su-
» jets, ont été jusqu'ici un abus intro-
» duit par l'orgueil et la politique,
» afin d'imprimer plus de respect et de
» crainte, d'abord pour la personne

» du roi, ensuite pour ses volontés.
» Par ce moyen, les sujets ont con-
» tracté ce génie servile, et se sont
» accoutumés au joug.

» .... Les meilleurs principes ne
» feront qu'une impression très-faible
» sur les jeunes princes, s'ils en voient
» la réfutation dans tout ce qui se passe
» à la cour : si, au milieu d'une vaine
» pompe, ils apprennent à penser
» tout le contraire, à se persuader
» qu'ils sont plus que les autres hom-
» mes, et que ceux-ci sont moins
» que des insectes !......

» Le comité s'est donc attribué le
» soin principal de l'éducation des
» princes,

» 1°. Parce que, abandonnés à eux-
» mêmes, les rois font consister leur
» grandeur et la majesté royale à éten-
» dre les limites de leur pouvoir, et
» que, par conséquent, leur intérêt est

» toujours opposé à celui de la nation;

» 2°. Parce que l'amour naturel des
» pères s'opposerait au bien que la
» nation s'est proposée en se donnant
» un chef soumis aux lois, et non pas
» régnant suivant son bon plaisir, ou
» suivant le génie d'une cour corrom-
» pue par la flatterie.

» Dans les gouvernemens libres, il
» est nécessaire que celui qui règne
» soit plus homme que roi : le comité
» entend, par-là, les vertus qu'un
» homme doit avoir, et non pas les
» qualités dont les despotes font pa-
» rade, et dans lesquelles la flatterie
» fait consister leur gloire. »

En 1772, les États de la Suède
insérèrent la déclaration suivante dans
la loi fondamentale du royaume :

« Nous, les États du royaume, dé-
» clarons que nous avons en horreur
» la monarchie absolue, communé-

» ment appelée souveraineté, regar-
» dant comme notre plus grand bon-
» heur notre gloire et notre avantage
» d'être et de vivre États libres et
» indépendans ; législateurs, mais sou-
» mis aux lois sous le gouvernement
» d'un roi revêtu du pouvoir, mais lié
» par la loi....... protégés contre les
» dangers que l'anarchie, la licence,
» la monarchie absolue, l'aristocratie
» et le pouvoir de plusieurs entraînent
» après eux, pour le malheur de la
» société, l'oppression et la disgrâce de
» chaque citoyen....., et nous déclarons
» ici, nos ennemis et ceux du royaume,
» celui ou ceux des citoyens mal-avisés
» ou mal-intentionnés qui, secrètement
» ou autrement, par ruse, manœuvre
» ou violence ouverte, voudraient nous
» faire abandonner cette loi, et intro-
» duire la monarchie absolue.......... »

Le roi déclara, dans son acceptation, qu'il tenait à honneur d'être le premier citoyen de l'Etat, et qu'il souscrivait à toutes les conditions.

Nous ferons remarquer que la grande noblesse, en Suède, est très-constitutionnelle, qu'elle a les plus grands égards pour les autres Ordres de l'Etat, et que ce n'est pas le corps des bourgeois ou des paysans qu'elle traite avec une hauteur insupportable, mais celui de la petite noblesse.

Madame de Staël observe judicieuse-ment, dans *ses Considérations*, qu'une grande partie des familles les plus anciennes, et de la noblesse historique de la France, s'accordait, en 1789, avec le tiers-état, pour solliciter la réforme des abus et une constitution, et que l'opposition violente qui a occasionné le bouleversement général, est venue du côté des ennoblis et des petits nobles des provinces.

Le roi de Suède régne par les lois,
et le peuple le chérit, en bénissant
son nom. Qu'on me cite un gouvernement arbitraire dans lequel le peuple
ait fait éclater, pour son prince, des
sentimens pareils à ceux que les Suédois viennent de montrer à leur souverain '

Heureuse et touchante union que
celle qui est cimentée par l'amour réciproque des princes et des peuples!
Heureux le pays où l'amour de la liberté est le premier sentiment de l'en-
fance et le premier devoir du citoyen !

Martial Sauquaire Souligné.

RUSES, DISCOURS ET COMMÉRAGES

AU SUJET DES ÉLECTIONS.

«Vous êtes dans les bons principes,
« Monsieur, vous avez toujours été du
» parti des honnêtes gens ; nous vous
» portons la plus grande estime : nous
» avons donc compté sur votre voix
» pour les premières élections.—Vous
» me faites un honneur que je crois
» mériter, car j'aime passionnément
» mon pays, la justice, la liberté et
» la Charte, qui nous garantit l'un et
» l'autre ; et c'est là, ce me semble,
» un titre pour prendre rang parmi les
» plus honnêtes citoyens. Mais qu'en-
» tendez-vous par les *bons principes* ?
» aujourd'hui les passions ont tellement

» défiguré notre langue, que les mêmes
» mots expriment le pour et le contre.
» Or, quand je prends un engagement,
» je veux savoir en quoi il consiste. »

Le vieil aristocrate voit qu'il s'est
mépris, et il va tendre son piége
devant un électeur plus crédule, devant
un sot gros de vanité. Il le flatte, le
cajole, l'engage à dîner de la part de
madame la marquise, qui doit le présenter à son oncle, ami intime d'un
haut et très-puissant seigneur, lequel, sans aucun doute, lui fera ob-
tenir une place .... Voilà une voix
gagnée et un imbécille pris.

A Paris, c'est plus difficile, et l'on
n'y tend pas des piéges aussi grossiers.

Ailleurs c'est un homme important
qui pérore ; écoutez-le :

« Je sors de la Préfecture ; M. le
» président et M. le préfet ont arrêté
» la liste définitive de ceux *qui seront*
» *nommés* : les choix sont très-bons ; ils

» prouvent que le gouvernement veut
» le bien du département ; tout est
» arrangé en dépit d'une poignée de
» factieux, de républicains ou de jaco-
» bins qui veulent tout bouleverser.
» Vous ne ferez pas la faute de vous
» ranger de leur côté. Le gouverne-
» ment a les yeux ouverts sur les hom-
» mes de ce parti ; vous vous expose-
» riez en vous réunissant à eux. Vous
» êtes un citoyen paisible, occupé de
» vos affaires, n'ambitionnant ni pla-
» ces ni honneurs, en quoi vous vous
» montrez très-sage ; vous n'irez donc
» pas vous faire l'instrument de ces
» turbulens. »

Les gens sensés rient de ce discours. Mais s'il y a quelque peureux
dans l'auditoire, il tremble, et le voilà
gagné.

Quant à ceux qui aiment la bonne
chère et les mets exquis ; qui veulent
parler dans leur village et de la ville, et

de l'accueil qu'ils y ont reçu, on sait
que les festins ne leur manquent point,
et que leur vote est réglé par leur ap-
pétit.

Le chapitre de là calomnie vient à
son tour.

« Y pensez-vous ! nommer M.*** ?
» je ne vous conçois pas. Ne savez-
» vous pas qu'il était de la chambre
» des cent jours, de l'armée de la
» Loire ? Vous voulez donc entourer
» le Roi de ses ennemis ? et vous vous
» plaindrez ensuite qu'il survienne des
» troubles ! Mais comment voulez-
» vous que la paix s'établisse, si vous
» envoyez à la Chambre les artisans des
» révolutions ? Vous devez compren-
» dre que, si les ministres sont sans
» cesse heurtés, il est impossible qu'ils
» gouvernent. Pour qu'ils sauvent
» l'État, il faut les entourer d'alliés,
» et non d'ennemis de la monarchie
» et de la légitimité. N'avez-vous pas

» lu le journal de..... ? ne savez-vous
» pas que les alliés partiront, si vous
» nommez des députés qui soient d'ac-
» cord avec les ministres ; et que dans
» le cas contraire , ils resteront , et
» nous partageront ?

Mais entendez les mêmes hommes
toucher le chapitre de la louange et
des considérations entraînantes pour
les candidats qu'ils veulent faire passer.

« M.*** est protégé ; il procurera
» des établissemens utiles au départe-
» ment; il en fera diminuer les impôts;
» il obtiendra des fonds pour les routes,
» pour les ponts.

» Si vous nommez un ennemi des
» ministres , le département n'aura
» rien ; voyez à quoi vous nous expo-
» seriez, avec vos idées exagérées.

» Avec vos gens d'esprit, vos ora-
» teurs, vos écrivains, vous nous per-
» drez. N'est-ce pas assez qu'il y ait de
» l'esprit et de l'éloquence du côté des

» ministres ? Voulez-vous faire dé la
» Chambre une arène républicaine ?
» Voyez où vous ont mené ces orateurs
» de l'Assemblée constituante ?

» Nommons des gens de bon sens,
» des hommes paisibles qui n'en cher-
» chent pas si long, vous verrez que
» tout ira bien. »

Mais quel est donc ce protestant
qui a quitté Paris pour aller empê-
cher, dans un département du Midi,
l'élection de notre plus célèbre publiciste, qui est protestant lui-même?
Des paroles emmiellées, des sophis-
mes, des dîners, des discours, des ca-
joleries, des promesses, empêcheront-
ils des hommes, qui ont tant besoin
de garanties, de se choisir un si courageux appui?

Electeurs! voici la règle de votre
conduite:

Les ennemis de la liberté vous donnent la mesure du mérite de ceux que vous devez choisir. La peur qu'ils ont de voir ces hommes dans la Chambre, vous garantit d'avance qu'ils seront dignes de votre suffrage, et qu'ils sauront défendre vos droits.

DE LA PETITE ÉGLISE.

Je viens de faire un voyage d'observation politique dans les provinces de l'Ouest, et je dois dire que je suis revenu à Paris, bien plus tranquille d'esprit que je ne l'étais à mon départ. En étudiant particulièrement l'opinion des campagnes qui furent insurgées, j'ai acquis la certitude que les brouillons et les incendiaires sont généralement en mépris et en aversion parmi les cultivateurs, qui sont déterminés, presque partout, à demeurer paisibles, quoi qu'on fasse pour les soulever ; j'en ai même vu un assez grand nombre résolus à se servir des armes et des munitions qu'on leur a données, pour repousser ceux qui voudraient les forcer à marcher.

Si un tel vœu n'était pas criminel, je serais presque tenté de souhaiter quelques jours de libres ébats aux incorrigibles qui veulent renverser la Charte ; ils apprendraient peut-être enfin à sentir tout le ridicule de leurs projets de subversion.

J'ai spécialement étudié la communion dissidente, connue sous le nom de la *petite église*, et il ne sera pas inutile d'en parler avec quelque détail, car on ne sait pas même à Paris qu'elle existe, et cependant elle a fait d'assez grands progrès depuis quelque temps.

Il est telle ville, que je nommerais, dans laquelle on pourrait trouver réunis, à la messe, six ou huit cents fidèles de cette communion : qu'on juge par là du trouble qu'elle peut causer dans quelques campagnes !

Les bons Parisiens croient qu'il suffit, pour être sauvé, d'être orthodoxe comme le pape, d'aller au sermon et aux conférences de l'abbé Fraissinoux, d'assister à la messe paroissiale, de suivre les processions, de jeûner le Carême et les Vigiles, et d'obéir ponctuellement aux commandemens de Dieu et de notre Mère la Sainte-Église.

Cependant, si l'on en croit les Fidèles de la communion dissidente, les Parisiens sont tous damnés ; car ils sont schismatiques, et le pape l'est lui-même.

J'ai souvent ouï-dire, dans certains salons, que les trente-neuf quarantièmes des Français méritaient la potence. D'après le compte de la *petite église*, il n'est pas un dix-millième des Français qui ne soit destiné à l'Enfer.

Qu'est-ce donc que la *petite église*, va-t-on dire ? c'est l'église *militante* qui existait avant le Concordat de 1801.

On sait qu'avant cette transaction entre le souverain Pontife et le premier Consul (qui a eu plus tard le titre de Fils aîné de l'Eglise); le clergé se divisait en *bons prêtres* ou non jureurs, et en *jureurs* ou *intrus.*

Au moyen du Concordat et des pénitences, des amendes - honorables, des rétractations, etc. , imposés aux jureurs, le clergé de France s'était réuni dans une seule communion.

Mais quelques évêques ayant refusé d'accéder au Concordat, à leur exemple plusieurs ecclésiastiques d'un ordre inférieur le repoussèrent aussi, et continuèrent à demeurer séparés de la communion générale. En un mot, la *petite église* se compose des *prêtres* et des fidèles qui ont conservé les principes de la dissidence survenue à l'époque de la constitution civile du clergé.

Dans cette église on ne reconnaît aucun des actes émanés du gouvernement de Paris et de la chancellerie de Rome sur les matières religieuses, sur la vente des biens, etc.

Je pourrais bien entrer dans quelques détails sur ses principes politiques; mais tant que les tribunaux se serviront de la loi du 9 novembre 1815, il n'y aura pas la moindre sûreté pour un écrivain à faire connaître au public ces principes, même pour en démontrer l'absurdité, et ce qu'ils ont de séditieux. Il me suffit donc de dire qu'ils sont essentiellement et pleinement contre-révolutionnaires.

Chez ces *puritains* catholiques il est interdit d'avoir aucune communication avec les prêtres concordatistes, et de recevoir d'eux aucun secours spirituel, aucun sacrement. Aussi un curé de ma connaissance ayant cru de son devoir de se présenter chez l'un d'eux qui était dangereusement malade, en fut-il chassé et poursuivi à coups de cotteret.

« Les baptêmes et les mariages ne pouvant être faits que par les *bons prêtres*, les morts sont portés, sans aucunes cérémonies, au cimetière, par la famille.

« Non-seulement ces *puritains* ne se montrent jamais dans les temples, mais encore, s'ils y entraient par mégarde, ou même s'ils y étaient conduits par force, ils seraient souillés, et il faudrait qu'ils se fissent purifier.

« Quand on leur parle, soit de la vente des biens, soit des lois ecclésiastiques ou civiles, enfin de quoi que ce puisse être, qui ait eu lieu depuis la révolution, ils répondent qu'ils ne savent pas ce qu'on veut leur dire, qu'ils ne peuvent avoir connaissance de rien de tout cela, *ayant dormi* depuis vingt-neuf ans.

Leurs cérémonies se font dans des maisons et des cours closes.

Sous le dernier gouvernement, cette église excita une active surveillance de la part des agens de l'autorité : on traita même ses prêtres, et quelques-uns de ses fidèles, avec sévérité ; mais aujourd'hui qu'on connaît mieux le danger et l'injustice des persécutions ; aujourd'hui que la tolérance est la vertu politique et religieuse la plus en honneur, il faut qu'il survienne quelques désordres très-graves pour que l'autorité croie nécessaire de sévir.

Il faut dire que tous ces *puritains*, bien différens de ceux d'Ecosse, sont d'ardens royalistes, et que beaucoup de chouans en font partie. On pourrait même nommer parmi eux un grand nombre d'adhérens qui se montrent très-zélés catholiques aujourd'hui, et qui, jusque-là, n'avaient été connus que comme des incrédules, ou, au moins, comme des indifférens fieffés en religion : ce qui pourrait servir à expliquer les progrès que fait la petite église, et sa doctrine politique, dans le pays des chouans.

Au 16°. siècle, une église de ce genre eût bouleversé l'Etat, et amené une affreuse guerre civile : car son caractère distinctif est l'intolérance et le fanatisme politique et religieux.

Félicitons-nous donc de vivre dans un siècle où les fanatiques ne font pas fortune auprès du peuple.

AMÉRIQUE ESPAGNOLE.

L'on s'entretient beaucoup de l'A-
mérique espagnole et de la guerre
acharnée que s'y font depuis huit ans
les Européens et les indigènes ; mais
ceux qui savent toute la vérité sur ce
pays, se gardent bien de la dire : ils
s'appliquent, au contraire, à nous la
cacher ; par la raison que si toutes les
libertés sont solidaires, tous les des-
potismes ne le sont pas moins. Cette
considération nous engagera à entretenir quelquefois nos lecteurs de cette
partie de l'Amérique, et des événemens
dont elle est le théâtre.

Pour le moment, nous nous conten-
terons de quelques détails sur l'île de

la Trinité, voisine du théâtre de la guerre, détails qu'un de nos amis, propriétaire dans l'île, nous a fournis.

On peut s'en rapporter à sa bonne foi et à son impartialité.

Les indigènes de la Trinité étant les mêmes que ceux du continent (1), leur religion, leurs mœurs, leur caractère natif étant pareils, on peut considérer comme un tableau général l'esquisse qui a été prise sur un petit coin de terre.

On verra quelle espèce de christianisme les Espagnols ont établi dans ces vastes contrées, et combien de temps il faudra à la masse des naturels, pour s'élever à la condition des peuples de l'Europe.

Ce fut un jour de sainte Rose de

(1) Ce n'est que depuis quelques années que cette île a été enlevée à l'Espagne par les Anglais.

Linta, l'une des plus grandes fêtes de l'année parmi les Espagnols, que nous nous rendîmes à un *carbet* (village) éloigné de la ville d'environ 6 lieues.

Lorsque nous fûmes prêts du carbet, nous vîmes que tout était en mouvement pour les préparatifs de la fête. Des Indiens (ce sont les anciens habitans du pays) avaient tué, avec des flèches, des perroquets, des agoutis (ils ressemblent un peu à nos lièvres), et ils étaient à l'affût pour en tuer d'autres. Pour qui, leur dîmes-nous, ce gibier ? —Pour notre bon *padre* (c'est le prêtre). D'autres, avec des filets, allaient à la pêche ou en revenaient, chargés de poisson, d'écrévisses, etc. Pour qui tout cela ? —Pour notre bon *padre*.

Quelques-uns tuaient, avec des flèches, les plus belles volailles (on ne se les procure pas autrement). C'était encore pour le bon *padre*.

Les femmes arrachaient des patates,
des ignames, et faisaient de la cassave
(farine) avec du magnioc (arbrisseau
dont la racine est alimentaire) ; d'autres broyaient entre des pierres du maïs
pour en faire des gâteaux d'une autre
espèce.,...

Pour qui? — Toujours pour le bon
padre.

De jeunes Indiens rapportaient des
œufs d'oiseaux marins qu'ils avaient
dénichés dans des rochers, et des œufs
de tortues ramassés dans le sable. C'é-
tait encore pour le bon *padre.*

Nous traversâmes le village, composé de huttes régulières, ayant chacune deux chambres ; l'une, qui est
exposé au levant, est close, et l'autre
entièrement ouverte. C'est dans cette
dernière que sont tendus les *kinkiores*
(espèces de hamacs) dans lesquels
dorment et reposent les Indiens, non-

seulement la nuit, mais encore la plus grande partie du jour.

En approchant du presbytère, nous vîmes venir à nous un grand homme sec, fort sale : c'était le bon *padre*. Il nous aborda avec des paroles de paix, et nous donna sa manche crasseuse à baiser. Un refus nous eût fait traiter en hérétiques, et par prudence nous surmontâmes le dégoût.

Le *padre* nous invita au dîner qu'il donnait (ce sont ses expressions) à tous les honnêtes gens qui lui faisaient l'honneur de venir le visiter dans cette circonstance. Il ne nous dit pas, mais nous le savions, que ce dîner était le prétexte de la contribution générale dont nous venions de voir un échantillon.

Durant l'office, il nous fallut déposer notre offrande dans un plat exposé sous les yeux mêmes du bon *padre* :

il voulait savoir ce que chacun lui
donnait (1).

Vinrent ensuite des quêteurs pour
l'église, pour le presbytère, etc. Il nous
en coûta à chacun plus de vingt
francs, et ainsi nous payâmes plus cher
qu'au Rocher de Cancale, un dîner dé-
testable, quoique assez abondant, servi
par une foule de jeunes filles les plus
jolies du village, ou plutôt les moins
laides, et qui étaient les servantes du
bon *padre*. Il est bon de dire, en passant, que toutes les filles, sans exception, depuis l'âge de sept ans jusqu'à
celui de nubilité, sont élevées chez
lui.

Ennuyés de parler au bon *padre* par

_____

(1) Cela se fait bien ailleurs qu'en Amérique. Il n'est point rare de trouver des
quêteurs qui ont des listes où ils inscrivent
les sommes données ; ce qui fait une judi-
tieuse mesure de la religion du pays.

truchement, je m'adressai à lui en latin.
— Je n'entends pas l'anglais. — Ce
n'est pas en anglais, c'est en latin que
je vous parle ? — Ah ! répondit-il, il
y a bien long-temps que je suis brouillé
avec cette langue, par le peu d'usage
que j'en fais. Il aurait été plus franc à
lui d'avouer qu'il ne l'avais jamais sue ;
car le bon *padre*, d'abord matelot d'un
petit bateau plat, qu'on nomme une
lanche, était ensuite devenu domesti-
que d'un maître qui lui avait fait apprendre quelques mots de latin ; après quoi,
ordonné prêtre par l'évêque de Car-
racas ; il avait été mis à la tête d'une
mission.

La maison du bon *padre*, composée
de deux chambres closes, et couverte
comme toutes les maisons du pays, est
entourée de larges galeries, où l'on
tend des kinkiores pour dormir au
frais.

Aux deux côtés de l'édifice sont

deux vastes halles , dont l'une sert d'habitation aux jeunes garçons , et l'autre aux jeunes filles , jusqu'à l'époque où ce prêtre juge à propos de les marier.

La maison et les halles sont placées dans un carré d'environ douze arpens , entourées de haies , de citronniers , la plus commune et la plus forte clôture de ce pays-là.

En attendant le mariage , le bon *padre* fait assister journellement les jeunes gens à de longues prières ; il les occupe à son ménage , à préparer ses alimens , à la culture de son terrain , à la récolte du café et du cacao. Si leurs bras ne suffisent pas, tous le habitans du village sont tenus de venir les aider.

A chaque mariage. le prêtre fait construire une hutte , à l'instar et dans l'alignement des autres , et il y installe les nouveaux époux.

Les alcades *ou el'—montès* , qui sont

dès commandans de quartier très-des-
potes, mettent également en réquisi-
tion les plus forts travailleurs des
carbets, pour leurs cultures et leurs
récoltes, pour défricher dans la forêt,
ainsi que pour faire et entretenir les
chemins.

Lorsque les Indiens se sont acquittés
de ces travaux pour leurs maîtres, ils
vont chercher leur nourriture à la pêche et à la chasse: le reste du temps ils
le passent à dormir ou à fumer leur ci-
gare, en se balançant dans leurs kinkiores. Ils sont d'ailleurs lâches et si
efféminés, que, sans se lever, ils re-
tournent avec le pied la *banane* (1) ou
le poisson salé qu'ils font rôtir et qu'ils
mangent dans la même posture. Leur
boisson consiste en un peu de *taffia* (2),
et après leur repas ils s'endorment ou

---

(1) C'est un fruit qui les nourrit.
(2) Eau-de-vie de sucre.

continuent à se balancer en fumant.

Ce sont les femmes qui cultivent le petit champ que le *padre* et l'alcade leur ont assigné ; les femmes font encore le travail de l'intérieur, et les préparations nécessaires aux denrées qu'elles vendent pour acheter du tabac, du taffia et du poisson salé.

Lorsque le *carbet* n'est pas éloigné de la mer, ce sont les hommes qui sont chargés de la pêche, qui est ordinairement si abondante, qu'en quelques instans elle leur procure des alimens pour plusieurs jours ; et tant que la provision dure, les hommes restent couchés.

Tous ces individus se ressemblent par la figure. On ne peut mieux la comparer qu'à une citrouille cuivrée, dans laquelle on aurait ouvert une large bouche, de petits yeux, et sur laquelle on aurait appliqué un nez plat, de grandes oreilles, de grands cheveux noirs et gras, semblables à du crin; à quoi il faut ajouter, qu'à l'exception des cils, ces Indiens n'ont pas un brin de poil sur tout le corps.

Leur figure, sans aucune expression et sans mobilité, n'offre aucun muscle extérieur : étrangers à la joie comme à la douleur, ils ignorent ce que c'est qu'un sourire. Et ce qui est bien digne de remarque, c'est que les Indiens travaillent sous le soleil le plus ardent sans suer, tandis que l'Européen, et le nègre lui-même, éprouvent une transpiration excessive, même durant leur repos.

Il y a dans l'île de la Trinité, qui est plus grande que la Martinique, trois ou quatre carbets, dont la population est d'environ deux ou trois cents personnes: tristes restes des descendans de Montezuma, et de ces Mexicains si cruellement traités par les Espagnols.

Peindre les Indiens de la Trinité,

c'est peindre aussi ceux de la côte ferme et du grand continent, théâtre actuel de la guerre, comme je l'ai déjà dit; s'il est vrai que l'on puisse donner le nom de guerre à un massacre réciproque, plus criminel et plus honteux encore du côté des Européens, soit parce qu'ils sont plus civilisés, soit parce que les insurgés sont en droit de les accuser d'oppression et de tyrannie.

Les deux partis rivalisent de brigandage, de dévastation et de cruauté, même sur les animaux; et si la destruction continue avec la même fureur, dans quelques années on ne trouvera plus ni un bœuf ni un mulet dans ces immenses *savanes* (prairies), qui en étaient autrefois tellement peuplées, qu'on y tuait les animaux par milliers, non pour se nourrir de leur chair, mais pour livrer leurs peaux aux capitaines de navires, qui venaient les chercher pour les porter ensuite en Europe.

Aussitôt que nous eûmes dîné, le bon *padre* nous ramena de nouveau à l'église, qui n'est qu'une vaste hutte, bâtie et couverte, comme les autres, avec des feuilles de *latanier*, impénétrables à l'eau, et qui ne s'enflamment jamais. On recommença les quêtes; mais comme nous ne voulions pas accepter les kinkiores qu'on nous offrait pour la nuit, nous nous dispensâmes d'y contribuer.

A l'issue de vêpres nous nous rendîmes sur la place, où quelques Indiens firent preuve d'habileté en tuant, avec des flèches, des oiseaux attachés au haut d'un mât. Les femmes formèrent quelques danses monotones au son d'un *banza* et d'un tambour nommé *tintan*, sans doute à cause du seul son qu'on en tire.

Le prêtre finit cette ennuyeuse fête en distribuant aux vainqueurs les prix, qui consistaient en quelques chemises.

et culottes de toile, ou en un peu de
taffia, et nous partîmes, disant adieu
pour jamais à un si triste séjour.

Quel pays, disions-nous, où celui-
là est hérétique, qui ne porte pas à son
curé les meilleurs produits de sa chasse,
de sa pêche, de sa culture et de sa
basse-cour, où le péché le plus nuisible
au salut, est celui de ne pas avouer au
prêtre les pensées qu'on a pu avoir
contre lui!

Que mes lecteurs s'imaginent tout
ce qui leur plaira de plus ridicule, ou
même de plus étrange en superstition,
il leur sera encore impossible de sup-
poser quelque chose qui soit plus mé-
prisable ou plus avilissant pour l'espèce
humaine, que ne le sont l'ignorance
et l'abâtardissement dans lesquels
les ministres de la religion catho-
lique ont plongé les naturels de l'A-
mérique méridionale.

Peut-on assurer qu'il ne soit point

d'hommes en France qui voudraient nous réduire à ce degré de stupidité et de dégradation, qui trouveraient commode de faire cultiver leurs champs par les fidèles, d'avoir les prémices de toutes choses, de réunir toutes les jeunes filles dans un *carbet*, de se charger du soin de veiller sur leur innocence, et même de faire revivre le droit du seigneur, si légitime, si pieusement institué !

REMÈDE CONTRE LA BRULURE.

J'ÉTAIS, l'un de ces jours brûlans, en retraite au village, cherchant un peu d'air à respirer. Mon hôte me conduit, au milieu de la vallée, vers le terrain d'un petit jardinier propriétaire, avec lequel j'aime à lier conversation, parce qu'il est plein de franchise et de droiture. Nous cherchons Pierre en vain; il n'y était pas. Nous demandons le sujet de son absence à un voisin. — Messieurs, il s'est brûlé, et voilà trois jours qu'il est retenu chez lui. Nous y allons. — Bonjour, Pierre. Est-ce que vous êtes malade? — Oh! non, monsieur, je ne le suis plus; mais je l'ai échappé belle; et sans la bonne

mère Magdelaine j'étais un homme
brûlé. — Comment cela, Pierre? —
Monsieur, c'est bien vrai, j'aurais
laissé mes trois enfans orphelins. —
Que vous est-il donc arrivé? — Monsieur, comme un maladroit, j'ai ren-
versé notre marmite pleine d'eau bouil-
lante sur mon pied. — Et la mère
Magdelaine vous a guéri? Peut-on
savoir le remède?— Je ne le dirais pas
à tout le monde, monsieur, quoique
la mère Magdelaine ait obtenu la per-
mission de faire ce qu'elle fait, mais
vous êtes un brave homme, et je n'ai
point de secrets pour vous. C'est
avec des paroles magiques qu'elle m'a
guéri. — Les avez-vous entendues ces
paroles? — Vraiment oui, monsieur,
et ne les oublierai jamais, car je leur
dois tout.

   « Voilà comme cela s'est passé.
» Mon pied n'était qu'un feu brûlant;
» on a prié la mère Magdelaine de

» venir, en lui disant pourquoi. Elle
» est venue tout de suite, la brave
» femme ! oh ! tout de suite, en
» vérité. »

— Voulez-vous être guéri, maître
Pierre ? — Quelle question ? ah ! oui,
je le veux. — Examinez-vous bien :
Avez-vous confiance en Notre-Seigneur ? croyez-vous au baume des
prières ? êtes-vous dans l'intention de
faire tout ce qui vous sera octroyé ? —
Oui, oui, lui dis-je, bonne mère
Magdelaine. — Eh! bien, je vais vous
guérir..... Elle a fait retirer tout le
monde, et puis elle a soufflé sur mon
pied. — Sentez-vous du mieux? m'a-
t-elle dit. — Non. — Elle a tourné
par trois fois autour de moi, en me
regardant dans les yeux, que j'en étais
tout désorienté. — N'ayez pas peur,
dit-elle.

— Après avoir fait ses tours, elle
m'a octroyé d'aller dans la soirée dé-

poser une pièce de 20 sous dans le tronc des messes pour les âmes du purgatoire; elle m'a fait promettre que je commençerais une neuvaine le dixième jour, et m'a ordonné de me faire dire trois Evangiles dans la chapelle des Miracles, par M. le curé; et puis, regardant mon pied, elle a prononcé ces paroles :

Feu, feu, feu, arrête ta chaleur,
Comme Judas, dans sa fureur,
Arrêta Notre-Seigneur.....

Eh! bien, monsieur, le feu qui allait toujours gagnant, s'est arrêté tout à l'heure, comme si on l'avait éteint avec la main : c'est surprenant; mais aussi, il faut tout dire, j'avais toute confiance dans le remède, surtout en écoutant les paroles, et bien m'en a pris.

Pierre, qui ne pouvait se tenir debout, était radieux de contentement

en me faisant ce récit. Je lui ai de-
mandé de voir son pied ; il me l'a
montré : la vue m'en a effrayé ; mais
j'ai dissimulé pour ne pas l'inquiéter.
— Votre pied n'est pas encore entièrement guéri, ce me semble, mon
cher Pierre. — Oh ! monsieur, cela
ne peut pas aller mieux ; le bon Dieu
veut que le mal ait son cours pendant
neuf jours, et la mère Magdelaine n'y
peut rien ; mais si je ne manque pas
de foi, dans neuf jours cela sera fini ;
au lieu que si j'en manquais, ou s'il
me venait en la pensée de trahir les
promesses que j'ai faites, cela irait
bien mal : j'en suis bien averti ; et si
j'avais été un impie, comme il y en a
dans ces villes, le feu aurait toujours
été gagnant pendant neuf fois neuf
jours, et j'étais un homme perdu, ou,
au moins, estropié pour le reste de
ma vie.

— Combien la mère Magdelaine

vous a-t-elle fait payer ce remède, qui me paraît excellent ? — Rien, monsieur ; c'est une digne femme qui ne met pas sa magie en commerce ; cela n'irait pas bien pour elle : c'est un don du bon Dieu dont il ne lui est pas permis de faire bénéfice.....

Nous nous retirâmes en faisant plus d'une réflexion sérieuse.....

Maudits philosophes, disait mon ami, voilà pourtant votre ouvrage ; voilà comme vous égarez l'esprit du peuple ! car il est évident que la magie vient de vous, et que vous en avez été les premiers professeurs ; il est évident que vous en faites votre profit !

Quelques lecteurs croiront que j'arrive de la Gardonenque, c'est-à-dire, du pays de ces maudits protestans, à la conversion desquels les bons catholiques du Midi ont travaillé, en 1815 et 1816, avec tant d'ardeur.....

Ces lecteurs se tromperaient. Je ne

viens pas de si loin. En partant de l'une des barrières du faubourg Saint-Antoine, un promeneur peut se rendre, à pied, au village dont je parle, en moins de deux heures.

Le jour de la Saint-Jean on pourra voir, dans ce même village, M. le curé, en surplis et en étole, mettre le feu à un bûcher de fagots qu'il aura bénis en grande cérémonie, et, lorsque les flammes auront cessé, les jeunes gens des deux sexes se disputer et emporter chez eu les tisons comme des reliques.

Voilà encore l'œuvre des philosophes ! on les retrouve partout....., Oh ! qu'il est urgent de brûler tous leurs livres, et de couvrir la France de missionnaires !

DOUBLES NOMINATIONS.

Il n'est question aujourd'hui que de la crainte qu'on a inspirée aux constitutionnels sur l'inconvénient des doubles nominations.

Dans plusieurs départemens on porte les mêmes hommes, et l'on en conclut que les colléges ne pouvant être convoqués que l'année suivante, la Chambre perdra, pour un an, autant de députés qu'il y aura de doubles nominations.

Moi-même, je l'avoue, je m'étais laissé effrayer par cet inconvénient, qui me semblait fort grave, car j'avais mal lu l'article 18 de la loi du 5 février, sur les élections : c'est que je me fondais plus sur le *fait* que sur le *droit;* ou plutôt, c'est parce que je ne sais quel instinct me disait : « Si la loi » ordonnait au ministère de faire réu- » nir les colléges pour nommer de » suite aux places vacantes, il le ferait. » Or, il y a plusieurs doubles nomi- » nations, plusieurs vacances ; les » colléges n'ont point été appelés, » donc ?...... »

Voilà comme on s'abuse, comme on se laisse entraîner sottement par je ne sais quelles préventions.

Voici l'article 18 de la loi :

« Lorsque pendant la durée, ou » dans l'intervalle des sessions des » Chambres, la députation d'un dé- » partement devient incomplète, elle » est complétée par le collége électoral » du département auquel elle appar- » tient. »

Il est évident, comme l'on voit, que l'intention du législateur a été que la

Chambre fût toujours complète; en
effet, sur 258 députés, représentant
29 millions de citoyens, on n'a guère
vu de scrutin porter à plus de 230 le
nombre des votans; or, si à cet énorme
déficit on joignait encore celui des
vacances réelles, des circonstances se
présenteraient où la Chambre serait
réduite à moins de 200 membres pré-
sens, et il faut convenir qu'il pourrait naître de là des maux incalcu-
lables.

Supposons, par exemple, que la
Chambre soit dissoute, et que quelques hommes très-marquans (nous
en avons, Dieu merci, parmi les défenseurs de la liberté constitutionnelle)
soient portés simultanément par un
grand nombre de départemens (je
citerai la nomination de M. Lanjui-
nais par plus de 60 départemens, sous
le consulat), il pourrait résulter que
la Chambre n'aurait que les deux tiers

des membres, dont la Charte veut qu'elle soit composée.

Supposons encore que la mort frappe un grand nombre de députés, ou qu'il soit donné tout à coup beaucoup de démissions (ce qui n'est pas probable, mais ce qui est possible), l'inconvénient serait encore le même.

Nous concluerons donc, d'après le texte de la loi,

1°. Que les électeurs doivent se mettre peu en peine de faire des doubles nominations, puisqu'il est de rigueur que le vide qu'elles occasionneraient soit rempli sur-le-champ;

2°. Que le ministère ne serait pas recevable à dire, comme au sujet de M. Faget de Baure, durant la dernière session, que les listes ne sont pas faites dans les départemens qui viendraient à perdre quelques députés; car la loi est positive et impérative, et elle n'oblige pas moins les ministres que les citoyens ;

3°. Que l'ordre doit être donné dans tous les départemens de former au plutôt les listes, afin qu'il ne puisse plus exister de prétexte contre le remplacement de tous les députés qui viendraient à manquer, car la lettre de la loi est conforme à son esprit ; en effet, elle porte textuellement que si *durant la session etc.* ; or, pour qu'il y eut un prétexte à l'équivoque, il faudrait que ces mots n'existassent pas dans la loi.

DÉPUTÉS A ÉLIRE.

Nous avons reçu plusieurs notices qu'on nous a priés d'insérer, et dont nous sommes malgré nous forcés de remettre la publication à d'autres tomes.

Nos pages sont petites, nous ne pouvons pas les consacrer entièrement aux notices biographiques, car nos abonnés veulent de nous autre chose. Cependant nous compléterons l'intéressant tableau que nous avons commencé, et nous prenons l'engagement de signaler aux collèges électoraux tous les citoyens éligibles qui ont acquis des droits à la confiance natio-

nale, par leur célébrité, par la pureté
de leur conduite politique et de leur
doctrine, par leur amour d'une sage
liberté, par le courage qu'ils ont montré dans la défense des principes et de
l'indépendance nationale, par leur
désintéressement, la noblesse de leurs
sentimens, leur opposition à toutes les
mesures violentes ou exceptionnelles,
par leur mérite enfin, comme orateurs
ou comme écrivains, soit qu'ils aient
déjà acquis de la réputation, soit qu'il
ne leur ait manqué que l'occasion
de l'acquérir.

Nous ne formons point des tables
apologétiques ; nous n'appartenons à
aucune coterie, nous ne sommes soumis à aucune influence personnelle ou
de parti ; nous n'accorderons donc jamais aucune louanges ni aux sugges-
tions, ni à l'importunité, ni à l'amitié
elle-même, et, par la même raison,
nous ne tiendrons aucun compte des

cris accusateurs que fera une faction.

Henri IV appela auprès de lui des ligueurs qui avaient poussé la rébellion au dernier degré; Louis XIV conseilla lui-même à Jacques II d'employer ceux qui avaient voté son exclusion du trône. Il n'est aucune opinion passée dont la Charte n'impose l'oubli ; nous ne connaissons donc en France que des Français qui ont des droits égaux à la représenter, lorsqu'ils ont les titres constitutionnels.

Nous ne voulons que servir utilement notre pays, en lui dénonçant les hommes que leur caractère et leurs talens appellent à cette Chambre, unique espoir des amis de la liberté constitutionnelle ; à cette Chambre où l'on compte aujourd'hui, sur le petit nombre de 253 membres, environ 124 employés ou salariés, ou pensionnés du gouvernement, parmi lesquels se trouvent presque tous les orateurs.

Cependant la tribune a été spécialement élevée pour les défenseurs des
libertés du peuple contre les empiéte-
temens, toujours à craindre, des agens
du pouvoir exécutif, et contre l'ambi-
tion de la vieille aristocratie.

Il est temps que les constitutionnels re-
connaissent qu'une députation n'appartient plus au pays qui l'a nommée, mais
à la France entière, du moment qu'elle
est admise dans la Chambre; qu'ainsi
c'est une absurdité de s'appliquer plutôt, dans la composition d'une députation, à la former de domiciliés, man-
quassent-ils du mérite nécessaire, qu'à
emprunter à un autre pays les hommes
qui ont ce mérite. (1)

Nous devons déclarer ici qu'on s'ef-
forcerait en vain de nous abuser sur le

(1) L'un de nos correspondans a émis cette
même idée dans le tome 8; mais déjà elle
était imprimée ici. Au reste, il est impossible de la trop répéter. Nous l'avons donc
conservée à dessein.

compte des candidats, parce qu'il n'est aucune assertion sur eux que nous ne vérifiions avec l'attention la plus scrupuleuse, parce que, ne voulant pas nous en rapporter à nous-mêmes, nous soumettons à une réunion, formée des hommes les plus respectables et les plus éminens, chacune des notices que nous publions.

En nous imposant volontairement un tel devoir, en nous donnant de tels censeurs, nous montrons assez les sentimens qui nous animent.

Nos tables ne seront peut-être pas inutiles, dès cette année même; mais ce ne serait pas assez qu'elles produisissent un bien momentané, il faut qu'elles aient un caractère qui les rende durables; il faut qu'elles se perpétuent, afin que, dans tous les temps, les constitutionnels puissent préparer de bonne heure leurs choix; et connaître les hommes dignes de les représenter et de les défendre, n'importe à quelle contrée ces hommes appartiennent ; nous devions donc nous mettre dans l'heureuse nécessité d'être vrais et impartiaux.

Nous continuerons ces notices jusqu'à ce que nos matériaux soient épuisés, et nous accueillerons toujours avec empressement ceux qui nous seront fournis, même après la clôture des assemblées électorales ; car, nous le répétons, nous ne travaillons pas pour un jour, ni pour une année ; notre vœu étant de voir appeler successivement, dans la Chambre, les Français les plus capables de représenter la nation ; et ainsi, chaque année, il sera publié une nouvelle édition de cette Biographie Électotorale.

M. Lambretchs.

M. LAMBRETCHS, né en 1753, se distingua dès sa jeunesse par l'éten-

due de ses connaissanees et par son
zèle pour les intérêts et le bonheur de
son pays. Professeur de jurisprudence
à Louvain, il acquit une réputation
brillante, et versa, particulièrement sur
l'étude du droit canonique, toutes les
lumières qu'elle peut et doit emprunter de l'histoire et de la philosophie.

L'empereur Joseph II, en passant
à Louvain, eut plusieurs conférences
avec les professeurs de l'université de
cette ville, et distingua tellement
M. Lambretchs, qu'il le chargea, sur
le rapport de son conseil privé à
Bruxelles, de parcourir toutes les universités d'Allemagne, et de porter à
Vienne les résultats de ses observations. Le but de cette mission importante était de perfectionner l'enseigne-
ment dans les écoles de Louvain et d'y
opérer les reformes que réclamaient
l'Etat et les progrès des lumières pu-
bliques.

M. Lambretchs remplit cette tâche difficile, visita, dans le cours d'une année, toutes les universités d'Allemagne, et son travail lui mérita les plus grands éloges à Vienne.

Sans nul doute, l'université de Louvain aurait dû à M. Lambretchs une splendeur toute nouvelle, si la révolution belge n'avait mis fin à tous ces projets de réforme.

La révolution de France s'étendit bientôt sur la Belgique; M. Lambretchs prit, comme tous les hommes éclairés, le parti de la liberté, et résista, comme tous les hommes de bien, aux excès et aux passions qui pouvaient compromettre une si belle cause.

Il était commissaire du gouvernement dans l'administration du département de la Dyle, et honorait cette fonction par son intégrité, son patriotisme et ses lumières, lorsqu'en l'an 5

(1797) il fut appelé au ministère de la justice.

Nous ne craindrons pas de dire que depuis 1789 jusqu'après 1814, aucun ministre ne s'est plus dignement acquitté de tous les devoirs qu'impose cette place éminente, et n'a plus complètement réuni toutes les qualités qu'elle exige, science des lois et justesse d'esprit, zèle et sagesse, équité ferme et inflexible.

La catastrophe du 30 prairial an 7 (juin 1799), ayant fait triompher pour quelques mois un parti désorganisateur auquel un pareil ministre ne pouvait convenir, il retourna dans son pays, rouvrit à Bruxelles son cabinet de jurisconsulte, et y fut nommé président de l'administration départementale.

Lorsqu'après le 18 brumaire (novembre 1799) il fut question de composer un sénat conservateur, l'opinion

publique le désigna si hautement, qu'on
ne put éviter d'insérer son nom dans
la première liste des membres de cette assemblée nouvelle. C'est là surtout, c'est
dans ce corps qui a tant aidé à la recons-
truction de l'édifice du despotisme, c'est
là qu'il faut plus qu'ailleurs, apprécier
les efforts courageux de M. Lambretchs
et d'un petit nombre de ses collègues,
pour nous conserver quelques restes
de liberté individuelle et de dignité nationale. L'impuissance même de ces
efforts et le nombre si petit de ceux
qui les ont osé faire, en rehaussent le
prix et la gloire. M. Lambretchs s'est
successivement opposé à la proscription
arbitraire de cent individus, à l'élimi-
nation illégale de vingt tribuns et des
soixante législateurs qui arrêtaient le
plus énergiquement les entreprises usur-
patrices ; il s'est opposé au consulat à
vie, à l'empire, en un mot à chacune
des grandes ou menues iniquités qui,

durant treize ans , composent toute
histoire des délibérations du sénat.

En 1814, M. Lambretchs fut du petit nombre de ceux qui, dépositaires
fidèles des opinions et des sentimens
honorables de 1789 , s'efforcèrent de
retrouver au sein des malheurs publics , les garanties de la liberté commune, et non de leurs intérêts person-
nels.

En 1815, il a voté contre l'acte cala-
miteux qu'on appelait *additionnel*, et
refusé de prêter aucun serment à l'auteur incorrigible de cet acte.

Depuis quatre ans M. Lambretchs
est resté aussi recommandable, comme
homme privé, qu'il l'avait été aupara-
vant comme homme public. On n'a pu
lui refuser des lettres de grande natu-
ralisation. C'est la seule justice qu'il ait
réclamée ; il n'a voulu mériter aucune
faveur. Ses opinions et ses affections
patriotiques, autant que son domicile,

ses habitudes et ses propriétés, l'ont retenu et fixé pour toujours au nombre des citoyens français.

Parmi ses écrits, nous ne rappellerons ici que le plus récent, celui qu'il a publié au printemps dernier, sous ce titre : *Quelques réflexions à l'occasion du livre de M. etc., sur (contre) les Libertés de l'église gallicane.* Le public a distingué ce judicieux et savant ouvrage de M. Lambrechs, entre ceux qui ont contribué à préserver la France (au moins jusqu'à ce jour) de l'un des plus redoutables fléaux dont elle ait été menacée dans ces derniers temps; et s'il pouvait être encore question d'un concordat, personne ne serait plus capable que M. Lambrechs d'en rendre sensible à tout le monde les funestes conséquences.

Tels sont les titres de M. Lambrechs à la confiance des hommes qui veulent introduire dans la Chambre de vérita-

bles représentans de la nation· française, amis éclairés du système représentatif, irréconciliables ennemis du
régime arbitraire.

Nous dénonçons M. Lambrechs
comme l'un des citoyens dont on a le
droit d'exiger de nouveaux services publics, et qu'il convient d'arracher aux
loisirs de la vie privée, bien qu'il sache encore les rendre utiles. C'est là,
au surplus, une idée, qui assurément,
ne nous appartient pas à nous seuls;
car nous savons que beaucoup d'électeurs l'ont déjà conçue, spécialement
ceux du département du Nord, qui doivent nommer cette année huit députés, et qui, plus voisins du pays que
M. Lambrechs a long-temps habité,
connaissent, encore mieux que nous, les
détails honorables de sa vie, ses anciens services et tous ses titres à leur
confiance.

M. Daunou.

PIERRE CLAUDE FRANÇOIS DAU-
NOU, né à Boulogne-sur-Mer (département du Pas-de-Calais) , en 1761,
a professé fort jeune, et avec la plus
grande distinction, les belles-lettres,
la philosophie et les mathématiques.

En 1786, il obtint le prix proposé
par l'académie de Nîmes sur l'influence
de Boileau en littérature. En 1788,
l'académie de Berlin lui décerna le premier *accessit* pour un mémoire sur l'O-
rigine et les Limites de l'autorité pater-
nelle. De 1789 à 1792, il publia plusieurs écrits sur les matières politiques.

Nommé par le département du Pas-
de-Calais à la Convention nationale,
il y avait prononcé plusieurs opinions,
et il était membre du comité d'instruction publique, lorsqu'il signa la cou-
rageuse protestation des soixante-treize

députés contre les évènemens du 31 mai et du 2 juin, et contre les excès qui précédèrent et suivirent ces deux journées; ce qui le fit comprendre dans l'une des listes de proscription décrétées le 3 octobre 1793. Après avoir été détenu treize mois en diverses prisons, il fut rappelé au sein de la Convention. Son patriotisme et sa modération n'avaient point été altérés par les injustices et les mauvais traitemens dont il avait été l'objet; il oublia généreusement des injures qu'il lui était facile de venger, et loin de déserter, comme bien d'autres, la cause pour laquelle il avait souffert, il n'en travailla qu'avec plus de zèle à servir cette cause, celle d'une liberté sage et éclairée. Il fut, en 1795, nommé président de la Convention, ensuite membre de la commission des onze; cette commission était chargée de présenter une constitution qui donnât enfin à la France un gouverne-

ment régulier, et qui la retirât de l'anarchie où elle était plongée. M. Daunou
y développa les plus hautes connaissances de l'organisation sociale; il y
montra une profondeur et une étendue
de vues, des connaissances acquises si
multipliées et des idées si claires, qu'il
fut unanimement choisi par ses collègues pour soutenir à la tribune la discussion du projet de constitution qui
devait mettre un terme au gouvernement révolutionnaire. C'est dans cette
discussion importante que le public re-
connut surtout la supériorité de ses talens et de ses lumières.

C'est M. Daunou qui proposa et
fit adopter les lois concernant les
élections et l'organisation de l'instruction publique, telle qu'elle fut
établie depuis 1795 jusqu'en 1803.
C'est aussi à lui qu'on doit l'idée de
l'Institut et son organisation, concep-
tion dont le plan, l'ordonnance et l'ex-

cellence, dans la distribution de ses diverses parties, fit l'objet de l'admiration de tous les savans.

Nommé par plusieurs assemblées électorales membre du conseil des cinq-cents, il en fut de suite élu président; cette présidence ne durait alors qu'un mois, mais c'était un hommage rendu à ses talens. Il prononça plusieurs opinions dans le sein de cette assemblée, et fit plusieurs rapports, nommément sur la liberté de la presse, sur le renouvellement du corps législatif, etc.

Sorti en l'an 5, par le sort, du conseil des cinq-cents, il fut nommé administrateur de la bibliothèque du Panthéon. Il rentra au conseil des cinq-cents en l'an 6, en fut de nouveau élu président, et s'opposa à toutes les mesures violentes, notamment à ce qu'on déclarât la patrie en danger.

Lors de la révolution du 18 brumaire an 8, il quitta l'assemblée de Saint-

Cloud après l'expulsion violente des membres du conseil. Il fut néanmoins, en son absence, nommé membre de la commission législative qu'on créa alors, et dont on lui déféra la présidence.

A la mise en activité de la constitution de l'an 8, il fut fait membre du tribunat, et à la première élection d'un président de ce corps, les voix se réunirent de nouveau en sa faveur ; ainsi ses collègues rendirent constamment un hommage solennel aux talens et au zèle infatigable de cet homme de bien.

Le premier consul l'avait pressé à plusieurs reprises d'accepter une place de conseiller-d'état ; mais quelque apparence de fortune que lui offrît cette place, il s'y refusa constamment, et ne voulut pas être l'homme d'un pouvoir dont il prévoyait les odieuses usurpations ; il préféra rester l'homme de son pays, et, comme tribun, il s'opposa avec énergie aux entreprises du despo-

tisme. Il parla contre les pouvoirs ex-
cessifs dont on investissait les préfets,
et surtout contre l'établissement des
tribunaux spéciaux : c'était en 1801;
aussi, en 1802, il fut compris dans l'éli-
mination avec Ginguené, Chénier,
Benjamin Constant, etc.

Il reprit alors la place de bibliothé-
caire du Panthéon, qu'il exerça jusqu'en 1804, où il fut nommé archiviste
de l'État. Lorsqu'en 1810 Napoléon
détruisit ouvertement la liberté de la
presse, en créant la censure, il fut, en
outre, nommé à une place de censeur;
mais il la refusa, parce que cette insti-
tution était contraire aux principes
qu'il avait toujours professés.

En février 1816, pendant la réaction
ultrà-royaliste, et sous le ministère de
M. de Vaublanc, il dut quitter la
place d'archiviste.

Depuis ce temps, il s'est borné aux
fonctions de membre de l'Institut; il

est, de plus, l'un des auteurs et l'éditeur du Journal des Savans.

Comme membre de l'Institut, il a lu plusieurs Discours et Mémoires, les uns publiés, les autres destinés à l'être; ils concernent, entre autres, l'organisation même de l'Institut, l'histoire et l'examen des diverses formes d'élections, l'origine de l'imprimerie, les systèmes des anciens sur le destin, les origines de la nation russe, les révolutions de Pologne au dix-huitième siècle, etc. Comme membre de la commission de l'Institut chargée de continuer l'Histoire littéraire de la France, il a fourni un grand nombre d'articles, nommément pour les tomes 13 et 14, imprimés en 1814 et 1815, et pour les tomes 15 et 16 qui sont sous presse.

Il a donné encore une édition de Boileau avec un discours préliminaire et des notes, une édition de l'Histoire de l'Anarchie de Pologne, par Rulhières, avec un discours préliminaire, un Essai historique sur la Puissance temporelle des papes, dont une quatrième édition vient de paraître en a vol. in-8o.

Egalement distingué comme homme d'État et comme homme de lettres, M. Daunou ne fut jamais l'homme d'aucun parti, d'aucune cotterie. Ardent ami de la véritable liberté, il attaqua toujours avec une force égale le despotisme et l'anarchie ; personne, mieux que lui, n'a saisi la vraie mesure des choses, dans tout le cours de sa vie politique et dans ses écrits. La nature de son esprit, celle de ses connaissances, son éloquence le rendent éminemment propre à la discussion des affaires dans le conseil, comme dans les grandes assemblées ; son esprit d'analyse lui fait apercevoir et développer sur-le-champ, avec des idées nettes et des expressions toujours justes, les rapports

les plus éloignés de chaque objet. La
dialectique, et la marche parfaitement
graduée de ses discours et de ses écrits,
leur donnent un caractère tel, que les
matières qu'il traite, quelque compli-
quées et quelque abstraites qu'elles
soient, se présentent sans confusion et
dans toute leur étendue à celui qui le
lit ou qui l'écoute. Il possède le pré-
cieux talent d'improviser sur toutes
sortes de matières, morales, politiques,
littéraires, et de les discuter sur-le-
champ avec l'adversaire le plus exercé.
Ce qui met le sceau à tant d'heureuses
qualités, c'est une droiture d'intentions
qui ne s'est jamais démentie.

M. Daunou est un grand publiciste,
un savant distingué; mais c'est un publiciste sans prétention, et qui ne voit
que l'intérêt de la patrie; c'est un savant modeste, judicieux, et qui ne
cherche point à faire du bruit. Un tel
homme à la tribune, avec sa réputa-

tion et son intégrité, entraînerait bi.
des suffrages.

DES JOURNAUX,

CONSIDÉRÉS COMME OBJET DE FINANCES.

On vient de nous mettre sous les
yeux l'état de recette d'un journal de
Londres. Comme cet état doit piquer
la curiosité de nos lecteurs, nous nous
empressons d'en transcrire quelques
lignes, pour faire connaître à quel
taux le journaliste vend ses articles, et
même son silence, à l'*étranger*.

Tarif.

1°. Une apologie com-
plète de la personne et
de l'administration d'un
ministre. . . . . 100 guir ées.

2°. Les petites louanges journalières, par ligne . . . . 2 guinées.

3°. L'apologie de toute une cotterie ministérielle . . . . 150 *id.*

4°. Une grande diatribe contre les défenseurs de la liberté. . . . . 100 *id.*

5°. La même, plus adoucie et moins générale . . . . 50 *id.*

6°. Une satire contre un autre parti . . . . . 50 *id.*

7°. La même, contre des individus (par tête, suivant la condition et la célébrité) . . . . . . de 5 à 25 *id.*

8°. Le mensonge sur les évènemens politiques, suivant l'espèce. . de 5 à 40 *id.*

9°. Le silence sur *id.* de 5 à 10 *id.*

Il est malheureux pour la France

que ses journalistes ne puissent rien
publier de leur chef, car ils exploite-
raient à leur tour une branche de
commerce d'une si haute importance.
La censure prive donc le royaume
d'une rentrée de fonds considérable,
s'il faut en juger par le journal dont
nous parlons, qui retire environ dix
mille guinées d'un seul pays.

Le moyen dont on use en France
pour s'assurer des journaux, semble,
au premier aperçu, bien plus écono-
mique pour le gouvernement, puisque
chaque censeur ne coûte que 3000 fr.,
payés par le journal lui-même, et
que les écrivains *brevetés* ne reçoivent
chacun que 6000 fr. au plus par an;
mais comme tous les gouvernemens
arbitraires, comme tous les ministres
qui se sont fait beaucoup d'ennemis,
auraient à traiter avec les journalistes
de Paris, redevenus libres, un intérêt
d'autant plus grand, que la langue

française est la plus répandue, que tous les peuples ont des regards inquiets tournés sur la France, dont la capitale est le rendez-vous général des étrangers, on croit ne pas exagérer en assurant que les transactions avec nos journalistes bonifieraient la balance du commerce, en notre faveur, d'un million; somme considérable et qui pourrait s'accroître beaucoup, suivant les évènemens et les dangers de ceux qui auraient besoin de faire taire ou parler les journalistes.

Le nombre des abonnés actuels est, nous a-t-on assuré, de 35,000 pour les journaux de Paris, tandis que sous le dernier gouvernement, duquel on a appris à mettre la presse à la chaîne, le *Journal de l'Empire* seul avait 28,000 abonnés. D'où l'on peut voir le tort extrêmement grave que l'esclavage des journaux cause aux finances de l'Etat.

En Angleterre, aux Etats-Unis, et dans tous les pays où il y a un esprit public, c'est-à-dire partout où le gouvernement ne se croit pas intéressé à retenir les peuples dans l'ignorance de leurs propres affaires, le nombre des feuilles journalières est incalculable, car il n'est pas de hameau où on ne les lise chaque jour.

On assure que la France renferme encore 44,000 communes; or, en n'établissant la distribution des feuilles entre elles qu'à raison de cinq environ par chaque commune, il y aurait tous les jours une émission de 200,000 feuilles, quantité assurément disproportionnée avec les besoins, si l'on considère le goût inné des Français pour les journaux libres, et l'empressement qu'ils mettraient à se les procurer.

Or, chaque feuille coûte 5 centimes de port. . . . . 10,000 fr. »

Timbre, 4 centimes. 8,000

Droit d'autorisation
pour faire timbrer, 1 c.
et demi . . . .   3,000 fr. »
_____
Total par jour. .   21,000 fr. »
Par mois. . . . . . .   630,000 fr. »
Par an. . . . . 7,560,000 fr. »

Comme, en impôts, deux et deux
ne font pas toujours quatre; comme au
contraire il est prouvé que leur aug-
mentation fait décroître les produits,
et que l'allégement les augmente, nous
pourrions porter en ligne de compte
l'accroissement de revenu qui naîtrait
de la diminution du port et du timbre; cependant, nous restreindrons à
5,000,000 de francs la recette annuelle
dont se prive l'État par la censure
des journaux; ce qui, pour un pays
qui a eu tant de *bons offices* à payer,
et qui se trouve épuisé, mérite une
grande considération. Nous ne don-
nons ici qu'une idée approximative

d'une branche de revenu ; nos députés feront le reste, n'en doutons pas.

LIVRES NOUVEAUX.

Sur le Secret.

DEUX brochures très-remarquables ont été répandues avec profusion : la *Lettre de madame Chapdeleine à M. Meslier, juge d'instruction*; et les *Nouvelles Observations pour le général Canuel.*

Ces deux brochures sont principalement dirigées contre l'invention du *secret*, abominable torture dont on a abusé, de nos jours, avec une inconcevable légèreté.

Il nous sera permis peut-être de joindre notre voix à celle de madame

Chapdeleine et du général Canuel ;
car nous savons, par une dure expérience, tout ce qu'a de cruel le secret,
surtout quand il est infligé par M. Bre-
tin, dit d'Aubigny (1), dont le nom a
joui, dans ces derniers temps, d'une
assez grande célébrité.

Nous avons eu, par-dessus Messieurs Chapdeleine et Canuel, le malheur d'être renfermé dans un cachot
humide et malsain, où l'on ne pouvait
voir qu'à l'aide d'un quinquet, et où
nous avons contracté des douleurs
rhumatismales, dont nous nous res-
sentirons le reste de nos jours.

Ce cachot (2), un étage au-dessous

(1) Parce qu'il est né au village de ce
nom, en Bourgogne.

(2) Voisin de celui où fut renfermé le
maréchal Ney ; il avait été occupé par La-
bédoyère, qui s'était amusé à écrire sur les
murs le nom de toutes les femmes d'Allemagne
qu'il avait rencontrées, chemin faisant.

de celui du général Canuel, et où nous avions toutefois la société d'une nombreuse compagnie de limaçons, jusque dans notre lit, avait, comme le sien, l'avantage d'être situé de manière qu'on entendait parfaitement les derniers accens des malheureux condamnés à mort, et leurs débats les plus secrets avec le prêtre qui les confessait.

Nous conviendrons, avec madame Chapdeleine et le général Canuel, qu'il est temps de faire cesser un abus aussi barbare ; que tous les citoyens doivent élever leur voix contre cette invention récente, qui n'est autre chose, sans exagération, que la torture abolie par nos rois.

Mais, tout en partageant leur indignation, qu'il nous soit permis de les féliciter d'avoir eu sur nous un grand avantage : ils ont pu s'exhaler en plaintes amères, et du moins la presse fera retentir, d'un bout de la France à l'autre, le récit de leurs douleurs. Pour nous, bien strictement séparé du reste des hommes, si quelqu'un de notre famille avait osé se plaindre, que n'aurait-il pas eu à redouter? la liberté individuelle était alors à la merci de tant de gens !

Au reste, nous sommes fâchés que madame Chapdeleine et M. Canuel n'aient songé à dénoncer cette nouvelle question préparatoire qu'après en avoir éprouvé toute la rigueur, et nous leur saurions bien plus de gré des écrits que nous annonçons, s'ils n'avaient pas attendu leur propre expérience pour les publier ; car les sentimens d'humanité, indépendans des opinions, sont honorables dans tous les partis. Un jour vient où tous les intérêts et toutes les indignations se réunisent pour demander compte d'inutiles rigueurs.

Quoi qu'il en soit, nous espérons

que M. le général Canuel rendra justice aux hommes qu'il a si souvent
signalés avec tant d'amertume dans ses
nombreuses proclamations; il n'en est
aucun qui se soit réjoui de ses souf-
frances : je dis mieux , il n'en est aucun qui n'en soit indigné. Il les verra
attendre avec calme le jour où les délits
dont on l'accuse seront publiquement
énoncés. Alors, si ses torts sont mani-
festes, ces hommes le blâmeront sans
doute, tout en plaignant son sort;
mais son procès et celui de ses com-
pagnons d'infortune ne sera pas,
comme d'autres procès pour des délits
politiques, un sujet de scandale et
d'indignation. Non , le général Canuel
n'aura point à répondre devant un
jury à moitié composé de ses ennemis ;
il ne verra point des suppléans à ce
jury parler contre les accusés ; il n'en-
tendra point à son oreille les vociférations d'un parti; et, enfin, pendant

que, ramené dans les cachots de la Conciergerie, il y attendra l'arrêt qui doit le condamner ou le rendre à la société, sa famille et ses amis éplorés n'auront pas à supporter les saillies grossières, les propos atroces, et l'insolente gaîté d'un journaliste couvert d'opprobre, faisant des vœux pour le voir traîner à l'échafaud.

PASCAL CROUZET.

———

EN lisant la 2e. livraison du *Précis des troubles du Gard* (1), par M. Lauze de Peret, on éprouve malgré soi un

———

(1) *Eclaircissemens historiques* en réponse aux calomnies dont les protestans du Gard sont l'objet; et *Précis* des agitatiops et des troubles du Gard. Les 1re. et 2e. Livraisons se trouvent à Paris, chez l'Auteur, rue d'Anjou-Dauphine, no. 11; et chez Poulet, imprimeur-libraire, quai des Augustins, no. 9.

mouvement d'impatience. On trouve
que l'auteur fait trop attendre ses derniers récits, ceux dont on est particulièrement avide, c'est-à-dire les causes
et les détails des massacres de 1815 et
1816; on trouve enfin que l'auteur s'a-
pesantit trop sur des considérations gé-
nérales, sur des faits anciens qui sem-
blent étrangers à son but, et surtout
à l'intérêt actuel du lecteur.

Nous avons aussi éprouvé cette impatience ; cependant M. Lauze de
Peret nous ayant lui-même exposé son
plan, nous avons reconnu la nécessité
indispensable où il se trouvait de cons-
tater, dans les plus grands détails, et
la situation ancienne des protestans, et
les horreurs du régime auxquels la
cruauté et l'atroce cupidité, bien plus
que le fanatisme de quelques hommes,
les avaient soumis; il nous a démontré
qu'il lui était impossible de prouver la
vérité contre les égorgeurs de 1815,

s'il ne la prouvait d'abord contre ceu
de 1790, et autres années antérieures.

Nous sommes donc restés convaincus, non-seulement qu'il devait entrer
dans les détails anciens, mais qu'il devait développer les vices du pouvoir
absolu et les dangers auxquels il s'ex-
pose lui-même.

Peut-on, d'ailleurs, en trop dire sous
l'empire de la Charte et en face de ses
ennemis si audacieux, si opiniâtres,
contre ce pouvoir arbitraire qui n'eut
jamais d'autres résultats que l'avantage
momentané de quelques hommes ou
de quelques familles, et les malheurs
ou même le renversement du souverain?

Eh! qui pourrait inspirer aux Français plus d'horreur pour ce pouvoir,
que ne le peuvent faire les détails peu
connus des persécutions monstrueuses
exercées contre les protestans?

Lorsqu'une faction puissante ne
cesse d'accuser de ses propres crimes la

masse du peuple et les victimes qu'elle a faites par calcul; lorsqu'elle a encore aujourd'hui l'inconcevable impudence de signaler les constitutionnels comme des démagogues, peut-on accumuler contre elle une trop grande masse de preuves pour démontrer enfin l'existence de la conspiration permanente qu'elle a formée et nourrie depuis 1790?

Il faut donc rendre justice à M. Lauze; il faut convenir qu'il n'a pu suivre une autre marche, qu'il n'a pu trop faire et trop dire pour mettre sans réponse ceux qu'il vient démasquer aux yeux de la France et de l'Europe, et pour prouver, sans réplique, que tout le sang qui a coulé a réellement été versé par ces ennemis acharnés de l'humanité, de tout repos, de toute justice et de toute liberté.

Encourageons donc par les témoignages de notre reconnaissance, au lieu de l'embarrasser de notre censure, l'auteur, qui met à nu tant de mystérieux et horribles complots, qui, quelquefois interrompus, n'ont néanmoins jamais été abandonnés.

En effet, nous montrer la faction se préparant des prétextes, des moyens

d'exercer, et en quelque sorte de légi-
timer ses crimes, nous la montrer au
moment où, pour la première fois, elle
alluma un vaste incendie, afin de se
créer des titres, pour immoler un plus
grand nombre d'innocens sous le nom
d'incendiaires, prouver que les scènes
sanglantes de 1815 ne sont que la con-
tinuation de celles de 1790, et que la
plupart des acteurs, que tous les intérêts, que le but et le plan n'ont pas
plus changé que les moyens d'exécu-
tion, la perfidie et la cruauté, n'est-ce
pas mettre pour toujours le peuple
français en garde contre ces prétendues
conspirations arrangées et construites
par ceux mêmes qui osent dire qu'elles
sont dirigées contre eux?

Nous avions les étranges aveux
imprimés (depuis la restauration) de
M. Bertrand de Molleville, sur ceux
qui ont imaginé et payé les premières
piques, les premiers bonnets rouges,
les premières vociférations de sections;
M. Lauze nous montre de même, sous
le bonnet rouge, les contre-révolutionnaires du Midi en 1790, et ce n'est pas
vaguement; c'est en historien fidèle,
c'est appuyé des témoignages les plus

irrécusables, qu'il se porte leur accu-sateur.

Nous engageons vivement nos lecteurs à méditer avec M. Lauze sur le grand plan de conspiration perma-nente qu'il commence à dérouler.

« On a trop long-temps confondu les effets et les causes, on a trop isolé les événemens funestes survenus dans un pays, des événemens survenus dans un autre. L'heure est venue enfin de re-connaître qu'ils n'ont pas cessé d'avoir les mêmes moteurs, le même but; qu'il n'est aucun des fléaux qui ont pesé sur la France, qui ne soit l'œuvre directe ou indirecte de la même faction, et dont elle n'ait calculé d'avance les ré-sultats, ou qu'elle n'ait eu le talent de rattacher à ses desseins permanens.

FIN DU TOME IX.

ERRATA du tome 8. Pag. 87, lig. 12, au lieu d'*éloge*, lisez *usage*.

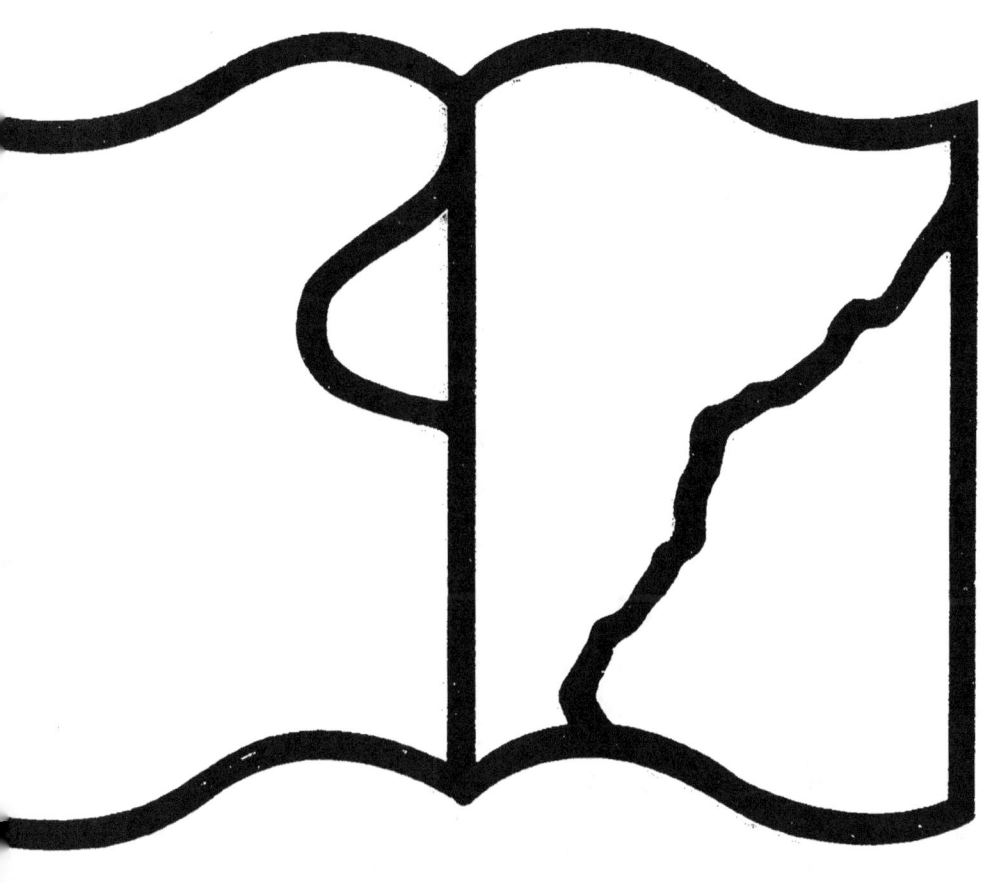

Texte détérioré — reliure défectueuse

NF Z 43-120-11

www.ingramcontent.com/pod-product-compliance
Lightning Source LLC
Chambersburg PA
CBHW071107260626
47162CB00006B/2234